余命4か月からの寓話

意味がわかると怖い
世の中の真相がわかる本

森永卓郎

絵 倉田真由美

興陽館

「寓話」とは、擬人化されて登場する動物たちや架空の人物が、ある出来事や問題にであうことを通して、深刻な内容の処世訓を印象深く訴える目的の「おはなし」です。

本書の28の「寓話」にはほんとうのことを書きました。

あなたは、この「おはなし」を読んでどのように感じるでしょうか。

まえがき

この本は、本格的な大人のための寓話集です。

私が童話作家になりたいと思ってから、もう20年近くの月日が流れた。私はこれまで優に100冊を超える本を上梓してきたが、すべてが広い意味での経済の本だ。しかし、そうした本が売れるのは、最初の数か月だけで、すぐに誰も読まなくなってしまう。だから、時代を超えて残る作品を書きたいと思ったのだ。その思いは、2023年12月にがんで余命4か月の宣告を受けてから、さらに高まった。

ところが、経済の本を出してくれる出版社はたくさんあるのだが、童話の本を出したいと言うと、なかなか受け付けてくれないというのが現実だった。出版寸前まで行ったことは数回あるのだが、最後の段階でうまくいかなかった。

ただ、私は「座して幸運を待つ」という戦略を採らなかった。チャンスは待つのではなく、自ら作り出すものだ。そこで、まずひらめいたのが、経済の新著のあとがきを童話にすることだった。そうすれば、私の本の読者が、私の童話の価値に気づいてくれるかもしれない。

そこで、角川新書から出版した『雇用破壊』、『なぜ日本だけが成長できないのか』、『長生き地獄』などの著書を童話で締めくくることにした。これらの書籍は、そこそこ売れたのだが、私の童話が世間の注目を集めることはなかった。

そこで新聞や雑誌に連載記事を書くときに、ゲリラ的に童話を滑り込ませることにした。ただ、そこでも私の童話が注目されることはなかった。

ただ、私はあきらめが悪い。2024年に最大のチャンスが訪れた。三五館シンシャから出版した『ザイム真理教』が19万部、2024年に出版した『書いてはいけない』が27万部の大ヒットとなったのだ。そうなると、私の著者としての立場は俄然強くなる。私は、三五館シンシャから出版する本の第三弾『がん闘病日記』のなかに、これまでの作品を集めた童話集を入れ込むことに成功した。

この戦略が功を奏した。童話集を読んだ編集者から「絵本を出しましょう」という連絡がきて、いま私の作品は児童向けの絵本としての制作が進んでいる。

ただ、その作業をするなかで、私のなかに変化が訪れた。児童向けの童話は、制約が非常に多いことが分かったからだ。例えば、ハッピーエンドが求められたり、難しい表現や残酷なストーリーが許されないといったことだ。

私が本当にやりたいのは、子供向けの童話よりも、大人向けの寓話なのだということに、いまさらながら気づいてしまったのだ。そこで生まれたのが本書ということになる。

ただ、寓話のハードルは、童話よりもさらに高い。おそらく日本には、専業の寓話作家はこれまでも存在していない。星新一や安部公房といった作家が寓話的な作品を残してはいるものの、それはあくまでも作品群のなかの一部に過ぎない。

世界で見ても、寓話作家はほとんど出ていない。最も有名な寓話作家であるイソップも紀元前6世紀の人物だと言われている。

ベン・エドウィン・ペリーが1952年に刊行した『アエソピカ』に記載された「ペリー・インデックス」よると、イソップ寓話は、全部で725編存在している。私はすべてを読んだわけではないが、「アリとキリギリス」、「肉をくわえたイヌ」、「北風と太陽」、「ウサギとカメ」といった著名作品を除くと、すごいとは、私は思わなかった。そこで私の当面の目標が、「打倒イソップ」になった。

毎日一つずつ寓話を作っていけば、2年間でイソップを追い越せる。実際にやってみたら、それはそんなに難しいことではなかった。その挑戦の初期の段階の作品を本書には掲載している。

挿絵は、親交のある漫画家の倉田真由美さんにお願いした。この本のスケジュールがとてもタイトで、大量の絵を数週間で仕上げることは、大変厳しい作業になるのだが、倉田さんは快く引き受けてくれた。

実は、倉田真由美さんのご主人は、2024年2月にすい臓がんで亡くなった。図らずして、倉田さんは見送る側、私は見送られる側になったのだが、その二人で寓話集を作るというのは、運命的なものを感じざるを得ない。

くらたまさんは、普段、ギャク漫画を描いているのだが、今回は、彼女の世界観を壊さない範囲でシリアスなトーンにしてもらった。くらたま漫画の新しい世界をお楽しみいただけるのも、本書の大きなメリットだと私は思う。
おそらく、本格的な寓話集が発表されるのは、本書が初めてだろう。その意味で、本書を手に取ってくださった読者の勇気ある行動に感謝を申し上げるとともに、俳句や短歌などと同様に「寓話づくり」が日本文化として定着してくれないかと私は大きな期待をしている。本書を読んで、「自分も寓話を書いてみようかな」と思ってくだされば、著者として、それ以上の喜びはないのだ。

森永 卓郎

余命4か月からの寓話

意味がわかると怖い世の中の真相がわかる本

もくじ

まえがき　この本は、本格的な大人のための寓話集です。　5
森永卓郎

1章 知ってはいけない

カエルの王子さま　人工知能が描いた絵　18
消えた型屋　お金の怖い話　25
ハヤブサ特攻隊　死ぬのは誰だ　32
テレビ界のオキテ　人気歌手の疑問　38
おねだり王子　贈り物がいっぱい　45
ウサギとカメ　仕事で大事なこと　52

キツネのお代官　身分社会のからくり　59
ウサギとカメ　その2　年収が高くなる方法　67
イヌとオオカミ　安定か自由か　74

2章　世のなかのほんとう

すべり台のスマートボール　悪い商法　82
スズメバチの言い分　みんないっしょに　89
MAGA　アニマル村の政策　95
快刀メシヤ　食堂がM&A　100
見栄っ張りの王様　川が氾濫したのに　106

タツノオトシゴ　竜の正体とは　112
どんなゴミも　王様のお宝　118
ラーメンとタバコ　ホントに体に悪いの？　124
いきなりおいしい　これさえあれば　131

3章　そして生きていく

ブタメンブーちゃん、がん告知受ける　ブーちゃんの失敗　138
黄色いサル　肌の色が違うだけで　145
ほおばるリス　いくら貯金をしても　152
イケメン・美女税　ブタも見た目が9割　159

アニマル村に腕時計がやってきた　ブランドが大好き　166
ブタエモンのツリーハウス　嫌われものの性質　172
南風と太陽　どんな子育てがいいの　178
モンシロ蝶とアゲハ蝶　最後に笑うのは　183
沖縄の海岸で　砂のなかのいのち　189
夢とタスク　人生で大切な教え　195
あとがき　次はどんな話だろう、とわくわくしながら描きました。　203
倉田真由美

1 章

知ってはいけない

カエルの王子さま

人工知能が描いた絵

アニマル村にある小さな沼には、カエルさんたちがカエル王国を作っていました。そこで事件が起きました。

カエルの王様が突然病気で亡くなったため、王子さまが跡を継ぐことになったのです。ただ、戴冠式で使う王子さまの肖像画をめぐって、部族間の紛争が起きていました。

トノサマガエル族が作った肖像画は、王子の勇敢さを表現していて、迫力満点でしたが、親しみに欠けていました。アマガエル族の作品は、ひょうきんで可愛いのです

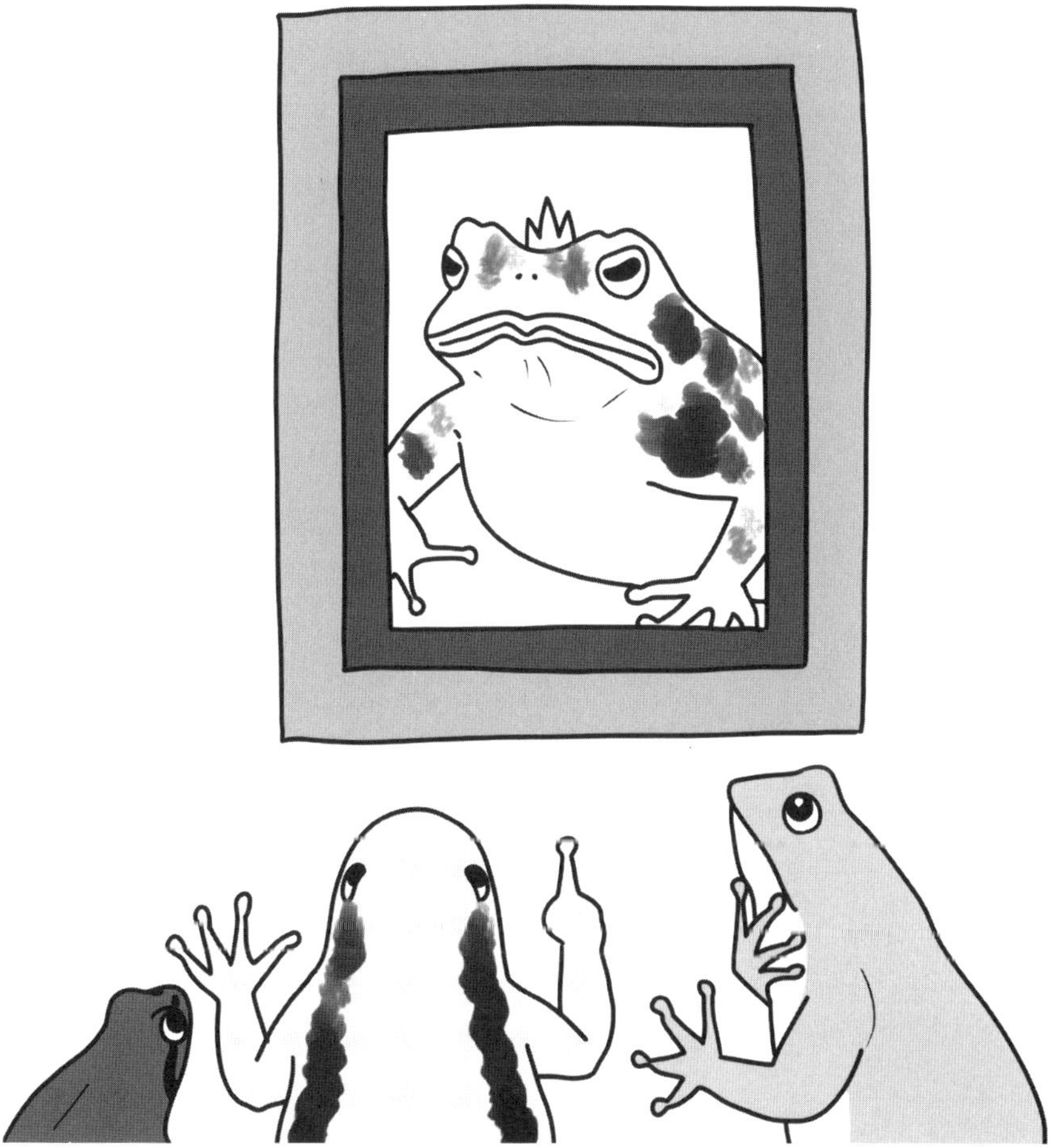

が、威厳に欠けていました。他の部族の作品も、帯に短し、たすきに長しで、決定的な作品が見つかりませんでした。

部族間の話し合いは続けられましたが、埒があきません。そのなかで、ヒキガエル族の長が新しい提案をしてきました。

「ここまで話がこじれると、どの案を採用しても、あとあと禍根を残してしまう。ここは、人工知能に肖像画を描いてもらおう」

他部族の長も賛成したので、この計画は進められることになりました。

まずは、人工知能を動かすための大型コンピュータの設置です。そのコンピュータを収容するためのデータセンターが建設されました。

人工知能は、膨大な計算をします。そのため、データセンターの周りの沼は、コン

ピュータの出す熱で徐々に干上がっていきました。

データセンターの右隣には、最先端半導体を製造するための工場が建てられました。人工知能用のコンピュータを動かすには、ぎっしりと回路を詰め込んだ高精細の半導体が必要だからです。ただ、半導体の製造には、洗浄に使う大量の水が必要です。洗浄が終わると、洗浄で汚れた水が大量に廃棄されます。カエル王国の沼は、少しずつ水質悪化に見舞われました。

データセンターの左隣には、原子力発電所が建設されました。人工知能を動かすためには、安定した大量の電力が必要になります。そのベースロード電源を確保するためには、原子力の力をどうしても借りないといけないのです。

三つの施設が完成した直後でした。アニマル村を巨大地震が襲いました。原子炉は破壊され、そこから大量の放射線がバラまかれました。カエル王国の住人は、全員即死でした。

ただ、地震の直前にコンピュータは王子さまの肖像画を完成させていました。ただ、それは、誰の心も揺さぶらないとても凡庸なものでした。

一方、爆発事故のときに、ちょうどカエル王国の小学校では、生徒たちに先生が王子さまの肖像画を描かせていました。放射線を浴びて命を落とした小学生カエルの机には、たくさんの肖像画が残されていました。

その肖像画のどれもが、個性にあふれ、大きな感動を引き起こすほど、創造性にあふれたものだったのです。

消えた型屋

お金の怖い話

アニマル村の小学校の校門前に、見知らぬキツネが茣蓙を広げて、その上に何やら並べています。それを見て、小学生のリスさんやイタチさんやカワウソさんが集まってきました。

「おじさん、何をしているの」

「おじさんは、型屋と言って、あちこちの小学校を回って、商売をしているんだよ」

「型屋ってなあに」

「おじさんは、素焼きの型とそこに詰める粘土、そしてできたものに色を塗る顔料を売っているんだよ。ちょっとやってみようか」

そう言うと、型屋のキツネは、お城を模った素焼きの型に粘土を詰め、十分押し付けたあと、粘土を取り出しました。

「ほうら、お城の形ができただろう。ただ、これで終わりではないんだ。その後、この顔料で色を付けていくんだ」

おじさんが、ささっと色を付けると、お城は見違えるほど美しい作品になりました。

「君たちもやってみないか」

「でも高いんでしょ」

「それほどでもないさ。型はどれを選んでも5円、粘土は2円、顔料は1色1円だから、10円もあれば、君たちもお小遣いで参加できるよ。しかもよい作品ができたら、ボクがその作品を買い取ってあげるんだ」

子供たちは、ポケットから10円玉を取り出し、好みの色に粘土に着色して、作品を

創り出しました。

それを見た型屋のおじさんは、言いました。

「リスさんの作品は素晴らしいね。20円で買いましょう。イタチさんのは、もっとすごいから50円、それからカワウソさんの作品は芸術級だから100円ね」

子供たちは、出したお金の何倍ものお金を手に入れることができました。ただし、キツネの型屋が渡してくれたのは、実際のお金ではなく、金券でした。

「おじさん、この金券どこで使えるの？」

「このお店で使えるよ。金券で、型も、粘土も、顔料も買えるんだ。明日も、明後日もここに来るから、またおいでね」

キツネの型屋の噂は、小学校で一気に広がりました。翌日は、リスさんやイタチさんやカワウソさんだけでなく、モモンガさんも、ハクビシンさんも、シカさんも集まり、10人以上の小学生が型屋の前に集結しました。

1000

そこでもキツネの型屋は、大盤振る舞いで作品を買い取っていきました。参加する小学生はどんどん増えて、1週間後には数十人に達しました。子供たちのポケットは、1万円を超える金券でパンパンになりました。

そして、8日目、キツネの型屋は突然姿を消し、二度と小学校に現れることはありませんでした。残されたのは、子供たちのポケットに残された使い道のない金券だけでした。

1章　知ってはいけない

ハヤブサ特攻隊

死ぬのは誰だ

アニマル村、トリ村、サカナ村の森林連合軍とニンゲン村の戦争がついに始まりました。

きっかけは、ニンゲンが農地を拡大するために、森を切り開いたことでした。

すみかを奪われるのですから、動物も鳥も魚も、黙っているわけにはいきません。ただ、最新鋭の装備を持つニンゲン軍団の戦力は圧倒的で、あっという間に、森林連合軍は追い詰められてしまいました。

このままでは、全面敗退になる。アニマル村、トリ村、サカナ村の村長が話し合い

をしました。

　アニマル村の村長が言いました。

「もう残された手段は特攻しかない。悪いが、トリ村から特攻隊を出してくれないか」

「森林連合軍の最大勢力は、アニマル村ですよ。なぜ、ボクらが特攻をしないといけないんですか」

「アニマル村の住人は、空を飛べないんだ。森を守るために、なんとか頼むよ」

　トリ村の村長は、しぶしぶながら、受け入れざるを得ませんでした。そして、トリ村代表のハヤブサが、特攻隊に選ばれたのです。

　ところが、このハヤブサ特攻隊は、ニンゲン村の迎撃を受けて、特攻は一つも成功しませんでした。森林連合軍は、惨敗に終わったのです。森は、ニンゲンに支配され

るようになりました。

それでも、森の住人たちは苦難に見舞われながらも、ほそぼそと生き残りました。ただ、ハヤブサ一族は、数年後に絶滅してしまいました。

あとになって分かったことは、特攻に参加させられたのは、まだ自由に空を飛べない若いハヤブサばかりでした。自由に空を飛べて、攻撃もできる大人のハヤブサは、若いハヤブサに特攻を命じて、自分たちは高みの見物だったのです。

ただ、特攻で若い世代を失ったハヤブサ一族は、年寄りばかりになり、彼らが寿命を迎えると、一族そのものが、滅亡してしまったのです。

テレビ界のオキテ

人気歌手の疑問

「『ウサギのダンス』がミリオンセラーとなった新人歌手のウサギちゃんです！」

司会者に促され、スポットライトを浴びたウサギちゃんがスタジオに入ってきました。新人とはいえ、爆発的なヒット曲を生み出したことが腑に落ちる強いオーラを放っています。

「ウサギちゃん、バラエティー番組への出演は初めてですよね。どうですか？」

「勝手が分からないものですから、とても緊張しています。私、トークが苦手なんです。本音を言うと、いますぐ逃げ帰っちゃいたいくらいなんです」

1章 知ってはいけない

「ご安心ください。そんなこともあると思って、今日は最強の相棒に来てもらっています。バラエティータレントのカメさんです」

ウサギちゃんが聞きました。

「カメさんは、バラエティータレントをするようになって何年ですか？」

「アイドルグループが解散した直後からですから、もう30年になりますね」

そこに司会者が割って入ります。

「早速始めましょう。今日は、驚異の超能力を視聴者にお見せしたいと思います。ゲストは、超マジシャンのミスターフォックスです。フォックスさん、今日はどんな超マジックを見せてくれるんですか」

「今日は、タダの水を一瞬でビールに変える超マジックです。さあ、カメさん、このジョッキに入っているのは何ですか？」

匂いを嗅いだカメさんがこう言いました。

「これはどう見ても、単なる水ですね」
「そうです。ただの水です。それが瞬時に生ビールに変わります。さあ、カメさん、ジョッキを手のひらでフタをして、上下に振ってください。ボクが横から、マジックパワーを送りますね。パワー、パワー、パワー」

するとどうでしょう。ただの水がどんどんビール特有の黄金色に変わり、その上には泡まで出来上がっています。見た目は、完全にビールです。

その変化にウサギちゃんは、ただただ驚いて、言葉を失ってしまいました。

「さあカメさん、出来立てのビールを飲んでください。どうですか？」
「すごいです。完全な生ビールですね。アルコール度数もちょっと強めのところが、ボクの好みです。いやあ、最高のビールが出来上がりました」

スタジオの観客も大いに盛り上がり、生放送のバラエティー番組は、大成功に終わりました。ただ、独り、浮かない顔をしていたのが、ウサギちゃんでした。

ウサギちゃんは、カメさんに聞きました。

「カメさんはベテランだから、マジックのネタをご存じなんですよね。何をやったんですか」

「あれはね、もともとジョッキの底に着色料と泡立つ成分を封入した顆粒が貼り付けてあるんだ。そこに水を入れて上下に振ると、顆粒が溶けて、泡が立ち、色がついていくんだよ」

「それは分かったんですけど、カメさんは、アルコール度数が高めで、おいしいと言っていましたよね。水がアルコールに変わるんですか？」

カメさんは、一瞬視線を下に落とした後、空虚な笑顔を浮かべてこう言いました。

「ウサギちゃん、君はまだテレビの世界が全然分かっていないんだね」

おねだり王子

贈り物がいっぱい

ライオンキングが君臨するアニマル王国には、第一王子と第二王子の兄弟がいました。王位継承権一位の第一王子には、若いころから王国中の業者から、さまざまな贈り物が届けられていました。

「社長、今年の王子へのお歳暮はどうしますか？」

「毛ガニとタラバガニをセットで贈っておいてくれ。ケチるんじゃないぞ。最高級のやつを贈ってくれ」

王国の北にあるヒグマ食品では、こんな会話が交わされていました。ただ、そうしたやり取りは、王国中の業者が行っていました。

王宮にある第一王子の部屋は、いつも天井まで、業者からの貢物が山積みになっていました。

純粋培養で育てられた第一王子は、あまりにチヤホヤされるため、欲しいものは何でも業者がくれるのではないかと思うようになりました。そこで、試しに、紳士服の業者に声をかけてみました。

「スーツが欲しいんだけど」

さっそく翌日、イタチ紳士服の業者から、バリッとした三つ揃えのスーツが届けられました。

第一王子は、今度はウサギ時計店に声をかけます。

「腕時計が欲しいいな」

今度は、立派な高級時計が届きます。王子の要求は、エスカレートしていきます。くだんのヒグマ食品です。

「社長、大変です。王子から車を買って欲しいという要請が来ました」

社長は一瞬考えた後、こう言いました。

「スポーツカーの最高グレードのやつを贈ってくれ」

「社長、いくらなんでも行き過ぎじゃないですか」

「王子は、やがて王様になるんだぞ。そのときの利権を考えたら、車の一台くらい大したことではないさ」

「でも、アニマル王国にも贈賄罪はあります。ボクも逮捕されてしまうかもしれません」

「いいか。逮捕を恐れるんじゃない。逮捕は勲章だぞ。君が贈賄で逮捕されてみろ。王子、いや王様が一生面倒をみてくれるから」

王子の要求は、キツネ銀行に向かいました。別荘を買って欲しいというのです。

さすがのキツネ銀行も巨大な別荘までは買えません。そこでキツネ社長は、手のひらを返しました。世間にこう訴えたのです。

「王子から無理なおねだり要求を受けている。ひどい王子だ」

その訴えに、エスカレートする王子の要求に手を焼いていた他の業者も続きました。

「うちも、ずっと不当なおねだりを受け続けている」

王子の評判は、あっと言う間に地に落ち、王子だけが一方的に悪者にされました。そして運の悪いことに、第一王子は感染症にかかって命を落としてしまいました。王位継承権は、第二王子に移ります。

その直後でした。自由だけれど、質素な暮らしを続けてきた第二王子のところに業者から貢物が届き始めます。それは、あっと言う間に、天井まで積み上がることになりました。

ウサギとカメ

仕事で大事なこと

これまでさまざまな場面で対決を繰り返してきたウサギさんとカメさんが、新たなステージで戦うことになりました。イラストレーターとして、両者が、同時にデビューすることになったのです。

出版社からはご祝儀として、さっそく発注がありました。そこで、両者の仕事のスタイルがまったく異なることが、明らかになったのです。

ウサギさんの仕事は、とにかく早いのです。イラストの発注があってから納品まで、

1時間もかかりません。しかも、急いで欲しいと編集者が頼めば、納期はいくらでも短くなります。例えば、10分で描いてと言われたら10分、3分で描いてと言われたら3分でイラストが納品されます。もちろん、3分しか時間をかけられなかったら、その分、手抜きになるのですが、ウサギさんの作品は、必要最低限のクオリティを保っていました。

一方、カメさんの仕事はとても丁寧でした。イラストの発注があると、まず関連する文献や写真を徹底的にリサーチします。リアリティを高めるためです。例えば、銃撃事件のイラストを描くとき、カメさんは銃の種類を特定し、銃の大きさや機能を踏まえた正確なイラストを描いたのです。イラスト自体も、構図の設定や、細かく丁寧な描写が行き届いていて、カメさんのイラストは「神作品」だと評判になりました。ただ、カメさんには、たった一つ問題がありました。それは、とても時間がかかるということでした。

カメさんは、締め切り直前まで、イラストを詰めていきます。そのため、出稿はい

つもギリギリです。編集者は、心配になってカメさんに電話します。返事は、いつも「もうすぐ出来上がります」でしたが、なかなか原稿が届かず、カメさんのイラストは、印刷所に直接持ち込んで、最後に滑り込むことが日常茶飯事でした。
そして事件は、起こりました。編集者がカメさんに電話しても、電話に出なくなってしまったのです。アーティスト気質のカメさんは、どうしても作品に納得できず、一から描き直しをしていました。その結果、締め切り時間を超えてしまい、カメさんのイラストが載る予定だったページは、真っ白のまま、雑誌が発行されることになってしまったのです。

その後、使い勝手のよいウサギさんのところには、次々にイラストの発注が舞い込むようになり、ウサギさんは、頼まれた仕事を全部引き受けました。多少、粗雑なところはあるけれど、きちんと時間内に納品してくれるウサギさんは、編集者の信頼を獲得していったのです。一方のカメさんは、仕事が徐々に減っていき、やがて失業者になってしまいました。

カメさんとウサギさんは、久しぶりに会って話をしました。

「ウサギさん、すっかり有名人になったね。正直言って、ボクのほうが、イラストの才能はあると思っていたんだけど、誰もボクに発注してくれなくなったんだ」

「私も、カメさんのほうが、ずっと才能はあるし、作品のクオリティはずっと高いと思っているよ。でも、どんなに素晴らしい作品を描いても、締め切りに間に合わなかったら、何の意味もないじゃない」

「確かにその通りだね。でも、ウサギさんは、最初からそのことに気づいていたのかい」

「仕事を始めたときは、きちんと理解していなかった。ただ、先輩のイラストレータ一からアドバイスをもらったの。これだけ守っておけば、仕事にあぶれることはないって」

「それはどんなアドバイスだったの?」

「親が死んでも締め切り厳守。それだけよ」

カメさんと別れた後、ウサギさんは、もう一つカメさんに伝えなければならないアドバイスを言い忘れていたことに気づきました。イラストレーターの先輩はこうも言っていたのです。

「チャンスの女神に後ろ髪はない」

キツネのお代官

身分社会のからくり

「お代官さま、年貢の引き上げは、とても無理です。ボクらは飢え死にしてしまいます」

キツネのお代官さまが統治する領地では、小作農のタヌキさん一家がお米を作っていました。それまで厳しい年貢の取り立てにあいながらも、タヌキさん一家は、何とかギリギリ食べていくことができていました。ただ、これ以上の年貢の引き上げをされると、本当に飢え死にしかねません。

「そんなことを言われてもなぁ。ボクだって、好き好んで君たちの年貢を増やしたいと思っているんじゃないんだ。幕府の台所が厳しくなって、ボクが幕府に渡す年貢米を増やさなくてはいけなくなったんだ。何とか工夫して、年貢米を余分に納めてくれないか」

キツネのお代官さまには、これまでもいろいろお世話になってきたこともあり、タヌキさん一家は、「一度家族で話し合ってみます」と言って、お代官さまと別れました。

家に戻ってきたタヌキさん一家は話し合いを始めました。

長男のポンタが言いました。

「いくら何でもこれ以上の年貢米を納めるのは、無理だよ。いまでもお米を食べられるのは、ハレの日だけで、普段、ボクらは雑穀で我慢しているんだ」

長女のポンコが続けます。

「その通りよ。働いても働いても、暮らしは楽にならない。いくら何でも、今回のお代官さまの申し出は、私たちの暮らしを無視しているとしか思えないわ」

そこに次男のポンキチが口を挟んできました。

「確かに二人が言うことは分かるんだけど、今日のお代官さまの衣装を見たかい。着物は汚れて、ほつれ、足袋の指先には穴まで開いていたんだ。お代官さまは、我々と幕府の板挟みになって、苦しんでいるに違いないんだ。ボクたちよりずっと腹を空かしているのは、お代官さまだと思うよ」

話し合いの結論は、すぐには出ませんでした。ただ、お代官さまに同情したポンキチは、日が落ちると行動に出ました。苦しい生活を送っているに違いないお代官さまに、とっておきのお菓子を献上しようと、お代官さまの屋敷に向かったのです。

案の定、屋敷はボロボロのしもたやでした。ポンキチは、玄関から声をかけましたが、誰も出てきてくれません。そこで、ポンキチはそっと引き戸を開けて、なかに入りました。

そこは、黄金の間でした。壁から床から天井まで、すべてが黄金で輝いています。椅子も、テーブルも、食器類もすべて黄金製でした。テーブルに置かれた黄金のボウルには、南国のフルーツが山積みになっていて、その隣に酔いつぶれたお代官さまがいました。

ポンキチはお代官さまに声をかけました。

「生活が苦しかったたんじゃなかったんですか」

お代官さまは、こう答えました。

「苦しいよ。だって、黄金の家財道具はとても高いんだ。だから、それを買っていると、生活が、どんどん苦しくなってしまうんだよね」

ウサギとカメ その2

年収が高くなる方法

アニマル王国の公会堂に多くの住民が集められました。ただし、全員ではありません。年収の低い住民が選ばれて、集まったのです。

ステージから、声が響きます。

「みなさん、こんにちは。人材総合サービスパートナーからやってきましたビーグル犬のマーク圭三です。みなさんには、王様からの依頼で、リスキリングを受けていただくことになりました」

早速、タヌキさんが質問をします。

「リスキリングって何ですか。ボクらは、横文字はよく分からないんです」

「みなさんが年収の高い仕事に転職できるように教育訓練を受けることです」

バリッとした三つ揃えのスーツを着たマーク圭三が答えます。

「具体的に何をすればよいいんですか？」

「これから、どのような能力開発が必要なのか、当社のコンサルタントが個別にお話をしますので、案内にしたがって、会議室に入ってください。そうそう。カメさんは、ボクが直接お話を聞きたいと思います。では、みなさん会議室への移動をお願いします」


カメさんは、親友のウサギさんを連れて、会議室に入ってきました。


「カメさん、いまのお仕事は何ですか？」

「道路工事のときの交通整理員をやっています。こう見えて、手足は敏捷に動かせるんで、現場では重宝されているんですよ」

「でも、報酬は安いですよね」

「月収で10万円くらいですかね」

「お友達のウサギさんのお仕事は？」

「ボクは足を活かして、飛脚の仕事をしています」

「月収は？」

「そうですね。歩合制ですが、多い月だと、30万円くらいになります」

「分かりました。カメさん、あなたも飛脚の仕事に変わりましょう」


カメさんは驚きました。

「それは無理ですよ。ボクは歩くのは遅いんです。飛脚なんてとてもできません」

「大丈夫ですよ。ボクの会社の教育訓練を受けていただければ、すぐに速くなります。費用の7割は、王家のほうで負担してくれますから、大船に乗った気持ちで、研修所に来てください」

そう言って、マーク圭三は胸を張りました。

カメさんは交通整理員の仕事を辞め、トレーニングに専念しました。しかし、いくら頑張っても、手足の短さはどうにもなりません。人材総合サービスパートナーの紹介を受けて、飛脚の会社に就職はできましたが、成績不振ですぐにクビになってしまいました。カメさんは、貯金を使い果たした末に、失業者になってしまったのです。

数か月後、マーク圭三は、別の国の会場でリスキリング募集の熱弁をふるっていました。一つだけ違っていたのは、彼のスーツが舶来のより高級なものに変わっていたことです。

イヌとオオカミ

安定か自由か

アニマル村に久しぶりにイヌが帰ってきました。もともと、アニマル村では、イヌとオオカミは兄弟で、一緒に暮らしていました。ところが、イヌはアニマル村を出て、ニンゲン村で暮らす選択をしたのです。

オオカミが聞きました。

「どうだい。ニンゲン村の暮らしは？」

「快適だよ。毎日散歩に連れて行ってくれるし、何よりいいのは、確実にご飯が食べ

られることだね。狩りに失敗して、何日も腹を空かせているなんてことがなくなったんだ」

「そうは言っても、自由はなくなっただろう。いつでも好きなところに出かけることはできないし、噂に聞くと、ニンゲンに呼ばれると、尻尾をふって駆け寄っているそうじゃないか」

「それは仕方がないよ、住処を用意して、ご飯も用意して、うんちの処理までしてくれるのは、ニンゲンなんだから。それより、森の暮らしはどうなんだい」

「こっちは相変わらずさ。狩りはなかなかうまくいかないし、暑い日も、寒い日もある。他の動物とのトラブルもあるし、毎日の暮らしは大変だよ」

「だったら、君もニンゲン村に来て、一緒に暮らさないかい」

「それだけは絶対にイヤだね。ボクの信条は、自由を何よりも優先することなんだ」

そのセリフを聞いたイヌは、ニンゲン村に帰っていきました。二人が会うことは二度とありませんでした。

2章

世のなかのほんとう

すべり台のスマートボール

悪い商法

太郎くんの住む街で、ビー玉が大流行しました。ビー玉遊びには、さまざまなルールのものがありますが、基本的にはビー玉の奪い合いです。例えば、「三角出し」という遊び方では、地面に三角形を描き、その手前にビー玉を投げる場所を示す線を引きます。線の上から自分のビー玉を投げ、三角形のなかにあるビー玉にあてて、三角形の外に出たビー玉が自分のものになります。三角形のなかのビー玉がなくなるまで順番に続けていくというのがルールです。

太郎くんは、運動が得意でなく、手先も器用ではなかったので、自分のビー玉は取

られる一方でした。駄菓子屋で、なけなしの小遣いを使って買った3個1円のビー玉は、公園でビー玉遊びに興じると、毎日すっかりなくなってしまっていました。

「どうしたら勝てるんだろう」

太郎くんは、真剣に考えました。ビー玉を操る技術は、そう簡単には上がりません。自問自答を繰り返すなかで、太郎くんは突然ひらめきました。

「そうだ、商売をしよう」

太郎くんが思いついた商売は、巨大なスマートボール盤を作ることでした。

スマートボールというのは、パチンコ台を奥に向かって押し倒したような形態で、盤面の釘に当たりながら落ちてくるボールが、当選の穴に入ると、そこに記載された倍率のボールをもらえるという仕掛けです。例えば、投げたビー玉が30倍の穴に入れば、1個のビー玉が30倍に化けて戻ってくるという仕掛けです。

休日の朝、早朝から公園に出かけて、公園のすべり台を占拠しました。そし

て、そこに砂を使って当選穴と途中の釘代わりのバリアーを作っていきました。当然、30倍の当選穴に入れられたら、たまったものではありません。太郎くんは、何度も何度もテストを繰り返し、一見、入りそうに見える当選穴にはほとんど入らない仕掛けを作りました。

商売は絶好調でした。高倍率でのビー玉確保に情熱を傾ける子供たちが次々に挑戦してきて、太郎くんの作った罠にはまっていったのです。

日が暮れて、自宅のアパートに戻るころには、太郎くんのバケツは、山盛りのビー玉がびっしり詰まっていました。

翌週も、翌々週も、太郎くんは同じ商売を続けました。太郎くんのアパートのベランダにおかれたたくさんのバケツには、ぎっしりとビー玉が詰まっていました。

そのビー玉を眺めながら、太郎くんは決意しました。

「もうこんな詐欺のようなことは、やめよう」

堂々と、ビー玉投擲の技術で戦わなければ、楽しくないことにようやく気づいたのです。

スズメバチの言い分

みんないっしょに

アニマル村の村長を兼任するライオン王国の王様が、ムシ村を訪れ、スズメバチ王国の王様と首脳会談をしました。

「いい加減、村民を刺すのをやめてくれないかな。今年は、もう、うちの村民3人が命を落としているんだ」

「好きで刺しているんじゃないんですよ。刺しているのはメスだけだって知ってますか」

「そうなんだ。知らなかった」

「メスは、子供たちや巣を守るために必死なんですよ。だから攻撃的になるんです」

「だけど、刺された村民は、単に道を歩いていただけなんだよ」

「近くに来てから攻撃したんでは間に合わないんです。特にあなたの村のクマさんは、いつも巣を取って、ハチノコを食べてしまうじゃないですか。あなただって、自分の子供たちがやられると思ったら闘うでしょう」

アニマル村に戻ったライオン王は、クマさんと話をしました。

「スズメバチの巣を食べるのをやめてくれないかな。そのとばっちりで、村の仲間がスズメバチに襲われてしまうんだ」

「ハチの巣は、ボクの主食ですよ。それをやめるなんて、できるはずがないじゃないですか。そもそも生き物は、他の生き物の命を奪って生きているんです。だから食事の前に、いただきますと命に感謝をしてから食べるんですよ」

ライオン王は、クマさんと別れた後、ダイニングテーブルの前に座りました。そこには、昼間の狩りで獲得した肉が横たわっています。

「いただきます」

ライオン王は、静かに食事を始めました。

MAGA

アニマル村の政策

アニマル村が属する森では、長らく平和が続いていました。それは、最強リーダーであるアニマル軍団が、自分の村だけでなく、トリ村やムシ村、サカナ村も含めて、トラブルが起きないように、森全体の監視を続けてきたからです。

ところが、最近になって、ムシ村がどんどん勢力を拡大してきました。大勢で、コツコツ働くムシ村の人たちが作る高い品質の製品は、アニマル村にもどんどん流入してきました。その結果、ムシ村は、アニマル村の経済を脅かすほどまで成長してきたのです。

その状況に腹を立てたのが、アニマル村の村長でした。自分たちが、コストをかけて、森の平和を守ってきたのに、その負担を分担しない村々が豊かになる一方で、大きなコストを抱えたアニマル村の経済が地盤沈下を続けていたからです。

アニマル村の村長は、新しい政策を掲げました。「メイク・アニマル・グレイト・アゲイン」。森全体のことを考えるのではなく、アニマル村のことだけを考えるように村の方針を変えたのです。強いアニマル軍団の力をバックに、他の村には、アニマル村の製品を強制的に買わせる一方で、他の村がアニマル村にモノを売るときには、高額の上納金を求めました。

このＭＡＧＡ戦略は、一時的にアニマル村に繁栄をもたらしました。森の平和も守られました。誰も最強アニマル軍団に逆らおうとは思わなかったからです。

ただ、時間が経つと、ムシ村やトリ村、サカナ村のなかに不満が鬱積していきました。あまりにひどいアニマル村の圧政に耐え切れなくなったのです。

ある日、ムシ村とトリ村とサカナ村の住人は、アニマル村に対して、一斉蜂起に出ました。その結果、森全体が戦争状態になり、多くの財産や命が失われることになってしまいました。もちろん、アニマル村も被害者の一人になりました。

快刀メシヤ

食堂がM&A

アニマル村には、かつて行列の絶えない食堂がありました。評判は、周辺の村々にも広がり、お客さんが殺到し、午前中で完売、閉店というのも珍しいことではありませんでした。というのも、この食堂は、板前のタヌキ大将が、たった一人で切り盛りしていたからです。

「大将、なんでこんなにおいしい料理が作れるんですか」

村外から来たお客のカワウソ一家が聞きました。

「ボクの腕というより、この包丁のおかげなんです。何しろ切れ味がすごいんです

よ。例えば、この大根を薄切りにしようと思いますよね。すると、そっと当てるだけで、スッと刃が入って、向こうが見えるくらい薄く切れるんですよ」
「そんなすごい包丁をどうやって手に入れたんですか」
「友人で鍛冶屋をしているクマさんが譲ってくれたんです。彼は、もともと良い包丁を作る職人なんですが、この包丁は彼の作品のなかでも、偶然生まれた奇跡の包丁なんです。その日の気象、玉鋼の品質、クマさんの体調などすべての条件がそろったときに生まれるクマさんの最高傑作なんですよ。ボクは、この包丁のことを、飯屋の最高の道具だという意味を込めて、メシヤと呼んでいます。メシヤはこの食堂の主役なんですよね」

ある日、投資銀行に勤めるキツネさんが、タヌキさんの食堂を訪ねてきました。キツネさんの担当は、M&Aでした。

「タヌキさん、あなたも、もう後期高齢期に入ったから、一人で食堂を切り盛りする

のは大変でしょう。タヌキさんにはご子息もいらっしゃらないし、このままだとせっかく作り上げた食堂が続けられなくなりますよ。どうですか、若くてやる気のある人に事業譲渡しませんか」

タヌキさんは、最近体の状態が思わしくなく、食堂を誰かに継いで欲しいという気持ちも強かったため、キツネさんの提案を受け入れることにして、投資銀行に食堂事業を丸ごと売却しました。ところが、キツネさんの目的は事業承継ではありませんでした。目的は、メシヤだったのです。そのため、事業を買収した投資銀行は、さっさと食堂を閉鎖し、奇跡の快刀メシヤを転売しました。

メシヤの名声は、そのときには広く知れ渡っていたので、高い価格で売却され、投資銀行は大儲けをしました。ただ、メシヤは、その後もお金持ちの間で転売が繰り返され、最終的にマンションが一棟丸ごと買えるくらいの高値がつきました。

そのことに腹を立てたのが王様でした。王様は、潤沢な王室の資金を使ってメシヤを買い取りました。ただ、王様は料理人ではありません。買い取られたメシヤは、王室の道具箱に収納された後、誰の目にも触れず、ましてやその切れ味を発揮することは、その後、まったくありませんでした。

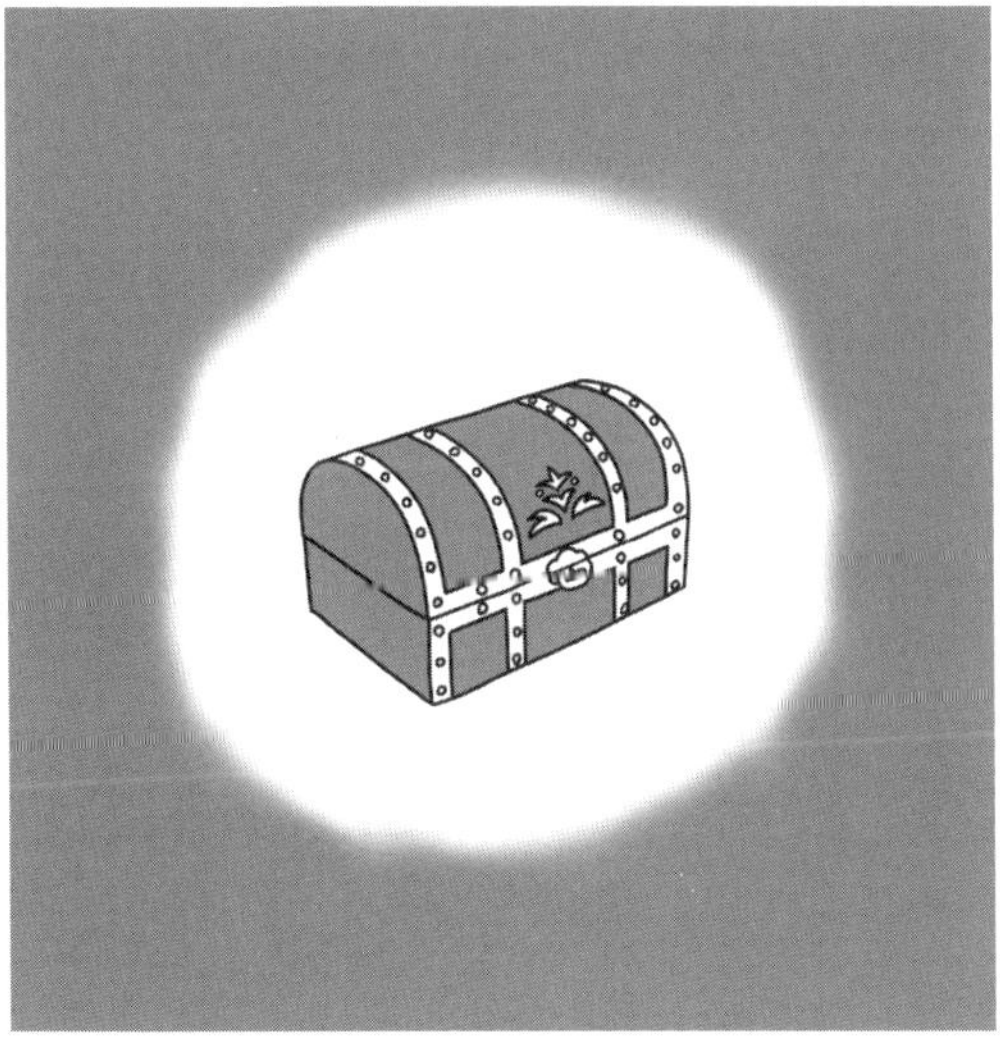

見栄っ張りの王様

川が氾濫したのに

アニマル村のなかにあるライオン王国は、川沿いに立地しています。ある日、その川の上流で豪雨が降って、川が氾濫してしまいました。

「王様、いま川が溢れて、王宮の周囲も、急速に水位が上がっています。いますぐ避難してください」

血相を変えた親衛隊の青年ライオンから声をかけられた王様は、こう答えました。

「こんなパジャマ姿じゃ、外に出られないだろう。いまから着替えるので、ちょっと待っていてくれ」

「王様、そんな悠長なことを言っている場合ではありません。いますぐ逃げないと、命にかかわります」

「我々は、百獣の王だぞ。その王様は、トップオブトップだ。みっともない姿を皆に見せられるわけがないじゃないか。とにかく急いで着替えるから、ちょっと待っていなさい」

ところが、化粧室に入った王様がなかなか戻ってきません。そこで青年ライオンが覗くと、王様はドライヤーでたてがみをセットしていました。

「王様、本当に時間がないんです。もうすぐ窓を突き破って水が入ってきます」

「分かった、分かった。じゃあ化粧はやめて、たてがみのセットが終わり次第、脱出しよう」

そのときでした。王宮の窓を突き破って、大量の水が流れ込んできました。王様と部下たちは、あっと言う間に濁流にのみ込まれてしまいました。

せっかくセットした王様のたてがみも、ぐちゃぐちゃになってしまいました。

タツノオトシゴ

竜の正体とは

アニマル村の王様は、百獣の王のライオンですが、実は動物たちの間で、最も人気があり、尊敬を集めていたのは、竜でした。いくらライオンが強いと言っても、それは他の動物たちと同じ次元です。それと比べると、竜は空を飛べるし、動物たちを何匹も背中に乗せられるほど巨大で、そして何より超能力を持っています。動物たちにとっても、竜は神様だったのです。

ですから、洪水や干ばつがあると、動物たちも、竜神の怒りを鎮めるために、供物をささげたりしていました。

ただ、アニマル村の動物たちは、一度も竜を見たことがありませんでした。そのた

め、竜は大蛇のようだとか、巨大なワニのようだと、さまざまな想像が広がっていたのです。

アニマル村に、旅の見世物小屋がやってきました。そして、本物の竜が見られるというのです。動物たちは色めき立ちました。何しろ、夢にまでみた竜の姿を見られるのです。たちまち見世物小屋の前には、大行列ができました。

最初に対面を果たしたのは、もちろん王様ライオンです。

「これはすごい。こんな生き物を見たことがない、でも何でこんなに小さいんだ」

「王様、それはこの子が、まだ生まれたばかりの赤ちゃんだからですよ。これから育っていくと数十メートルに育つんです」

竜の赤ちゃんは、アニマル村で大ブームを引き起こしました。見世物小屋は、大儲けになりました。

ある日、南のほうから、一人の旅人がやってきました。そして、竜に熱狂するアニマル村の動物たちにこう告げたのです。

「それは竜ではありませんよ」

「だったら何なんだい」

気色ばんだ動物たちが問いただします。

「それは、タツノオトシゴという魚の一種です。ボクの故郷にはたくさん生息していますよ。何でしたら、持ってきてお売りしましょうか」

しかし、どう見ても魚ではありません。育てば竜になると信じたアニマル村の動物たちは、こぞってタツノオトシゴを買い求めました。期せずして、アニマル村にタツノオトシゴ飼育ブームが起きたのです。

ところが、実際に育ててみると、タツノオトシゴは一向に大きくなりません。

「何だ、やっぱり魚の一種だったんだ」

動物たちの血気は、一気に冷めてしまいました。そこに、旅の薬売りがやってきました。そして、動物たちが持て余しているタツノオトシゴを買い取りましょうと提案しました。ほとんどの動物は、タツノオトシゴを薬売りに売却しました。神様ではなく、食用にもならない魚を飼い続けることは、負担以外の何物でもなかったからです。

大量のタツノオトシゴを買い取った薬売りは、タツノオトシゴを乾燥させ、ニンゲン村に持っていきました。そして、人間たちにこう言ったのです。

「これは、南方で摂れた竜の赤ちゃんを乾燥させた漢方薬です。万能の薬として、どんな病気も退散させてしまいますよ」

どんなゴミも

王様のお宝

「どうだ。すごいだろう。古代中国の12連屏風だぞ。世界でもほとんど残っていない逸品なんだ」

アニマル王国の王様ライオンが、動物たちを集めてそう言いました。確かに、総金箔貼りで豪華絢爛で、漢詩と絵画が交互に描かれています。

動物たちは、中国語が読めませんし、中国絵画の価値も分かりません。ただ、王様があまりに盛り上がっているので、誰も表立った批判はできず、ただただ、「すごいですね」と言うばかりでした。

王宮からの帰り道、ワニさんが、友人のカバさんに話しかけました。

「カバさんは、正直どう思った。ボクは全然よさが分からなかったんだけど」

「もちろんボクも同じだよ。それにあの漢字だらけの文字を見ているだけで、知恵熱がでてきてしまうよね」

「そうだね。ボクら庶民にとって、ああしたお宝は、縁もゆかりもないし、取り立てて感動もしないよね。ところで、カバさんは、どんな絵画がいいと思うんだい」

「実はボクは浮世絵を集めているんだ」

「浮世絵って、街で売られている役者だとか風景を描いた版画だろう。あれは、消耗品だから、いくら集めても、何の価値もないだろう」

「そうだね。価値はまったくなくて、いわば使い捨てなんだけど、自分の感性には一番合っていて、美しいと思うんだよ。それにゴミ扱いだから、集めるのにお金がまったくかからないのが、最高だよね」

それから100年が経ちました。王宮の12連屏風の価値は、暴落していました。あまりに巨大な屏風は引き取り手がなく、古代中国の文化に通じた人も、ほとんどいなくなっていたからです。

一方、浮世絵には大きな変化がありました。日本製の陶器をヨーロッパに輸出するとき、ゴミだった浮世絵は、梱包材として活用されたのです。ヨーロッパで梱包を解いた美術商は、驚きました。

「なんだ、この美しい絵画は。これは、日本を代表するアートだぞ」

その後、ヨーロッパでは、浮世絵ブームが起きました。ゴミだった浮世絵に数百万

円、数千万円の値段がつくようになりました。当然、その価格は日本にも波及してきます。カバさんの浮世絵コレクションの価値総額は、王室を上回るようになりました。

カバさんの子孫は言いました。

「曾祖父は、金儲けをしようと思ってコレクションをしたのではありません。ただ自分自身の感性で、本当に美しいと思ったものを、集めていただけなんですよね」

ラーメンとタバコ

ホントに体に悪いの？

「今日も息つく暇もなかったな。ちょっと奥で休むから、後片付けよろしくね」

ヤギ先生が経営するアニマル村の診療所には、今日もたくさんの患者が押し寄せて、診療にあたるヤギ先生は、昼食を取る時間もありませんでした。

ヤギ先生が院長室に入ってから10分くらいして、なかからズルッズルッと何かをする音が聞こえてきました。それを聞きつけた看護師のヒツジさんがそっとドアを開け、ヤギ先生に声をかけました。

「先生、またラーメンを食べているんですか。ここのところ毎日じゃないですか。釈迦に説法ですけど、ラーメン一杯に塩分が6グラムも含まれているんですよ。先生も患者さんにしょっちゅう話しているように、一日の塩分摂取量は7・5グラムですよ。先生は、完全に塩分摂取過多になってますよ」

「大丈夫だよ。確かに理想的には、塩分は一日7・5グラムなんだけど、実は12グラムくらいまでは、さほど健康に悪影響を与えないんだよ。むしろ、塩分摂取が一日7・5グラムを下回ると、健康に大きな悪影響がでることが、医学的には分かっているんだ」

「だったら、患者さんにもそう言えばいいじゃないですか」

「そんなこと言ったら、調子に乗って塩分摂り過ぎちゃうだろう。ボクは医者で、セルフコントロールができるから、余分に摂っても大丈夫なんだ」

「本当ですかね。ところで先生、ラーメンの横にある灰皿は何ですか。患者さんにはタバコは絶対にダメだって言っているじゃないですか」

「タバコが体に悪いというのは、病理学的にはいまだに証明されていないんだけど、疫学的にはタバコを吸い続けると寿命が3・5年短くなるというのが、厚生労働省の研究結果なんだ」

「ほら、やっぱり健康によくないじゃないですか」

「ただね、仮に寿命が3・5年短くなっても、本来83歳で死ぬところが、79・5歳で死ぬだけじゃないか。我慢に我慢を重ねて83歳まで生きるのと、自由に暮らして79・5歳で死ぬのとどちらが良い人生かという選択なんだよね」

「だったら、患者さんにもそう伝えたらどうですか」

「そんなことできるわけないだろう。もしボクが喫煙を認めた直後に患者さんが死んでしまったら、訴訟を起こされてしまうんだ。そうなったら、巨額の賠償金を抱えて、この診療所も、ヒツジさんの仕事もなくなってしまうんだよ。本音を言うとね、人間の免疫の3分の1以上は、前向きの心が支えているんだ。だから、人によっては、タバコを吸ったほうが長生きできる可能性は高いと思うんだ。ただ、そんなことを言ったら、袋叩きにあって、医療活動を続けられなくなってしまう。だから、口が裂けても、本当のことは言えないんだよね」

そう言うと、ヤギ先生は引き出しからタバコを取り出し、心から楽しそうに、紫煙をくゆらし始めました。

いきなりおいしい

これさえあれば

アニマル村の熊猫飯店は、大人気の町中華です。その人気の理由を探ろうと、大将のパンダさんのところに、グルメ・ジャーナリストのニホンザルさんがやってきました。

「本格的な現地の味を再現しているということで評判ですが、本当ですか」

「もちろんベースはそうですが、日本に合わせて、調整はしていますよ」

「どんな調整をしているんですか」

「それは、秘密です。うちの最大のノウハウですから」

「でも、見たところ、ラーメンにしろ、チャーハンにしろ、何か特別な具材が入って

いるわけではありませんよね。一体、何を変えているんですか」

「だから、言っているじゃないですか。そこがノウハウなんだと。ただ、一つだけ教えてあげましょう。調味料を加えているんです」


どうしても秘密を知りたいニホンザルさんは、その後、熊猫飯店に通い詰めました。そしてパンダ大将と仲良くなって、ついに秘密の調味料を見せてもらうことに成功したのです。大将が取り出してきたビンには、うま味調味料が入っていました。


「これって、普通に売られているうま味調味料ですよね」

「そうだよ。これで味が完全に変わるんだ。一番変わるのは、最初の一口から、いきなりおいしくなるってことなんだよ」

「でも、それはお客さんを裏切ることになるんじゃないですか」

「そんなことは、ないさ。みんな偉そうに蘊蓄を語るんだけど、本当に求めているのは、どうやって作っているかではなくて、いきなりおいしいことなんだ。うま味調味料は、おいしくなるように作られているから、いきなりおいしくて当然なんだよ」

アニマル村には、もう一軒、レッサーパンダ大将が経営する小熊猫飯店がありました。レッサーパンダさんは、生真面目な大将で、村の素材を生かそうと、森のなかを歩き回り、調味料になりそうな素材を探しては、味の改善に取り組んでいました。ただ、その努力がお客さんに伝わることはあまりなく、小熊猫飯店は、閑古鳥が鳴いていました。

ところが、数年にわたった経営不振のあと、最近、小熊猫飯店のお客が急速に増え

ているという噂をジャーナリストのニホンザルさんは聞きつけ、早速、取材に出かけました。


「ようやく経営が軌道に乗りましたね」

「ありがとうございます。これで経営が続けられると思います」

「森のなかを歩き回って、一体どんな調味料を発見したのですか」

「いやあ、それは秘密です」


ニホンザルさんは、いつも通り食い下がり、小熊猫飯店に通い詰めます。

そして、とうとう秘密の調味料を見せてもらうことに成功しました。


レッサーパンダ大将が出してきた小瓶のなかには、うま味調味料が入っていました。

3章

そして生きていく

ブタメンブーちゃん、がん告知受ける

ブーちゃんの失敗

「来年のサクラはおそらく見られないと思いますよ」

アニマル村の診療所で、造影CT画像を見ながら、ヤギ先生はブーちゃんにそう告げました。ブーちゃんの隣では、妻のボーちゃんが放心状態で、ヤギ先生の話に耳を傾けていました。

「すい臓がんですね。すでに転移しているので、余命は頑張っても1年くらいでしょう」

ブタ面のために、女性たちから「キモイ」と言われ続け、まったく相手にされなか

ったブーちゃんでしたが、ボーちゃんだけが、ブーちゃんを受け入れました。そして、結婚することになったのです。

もちろん夫婦生活のなかで、ボーちゃんはさまざまな非難の言葉をブーちゃんにぶつけてきます。ただ、結婚して40年、ボーちゃんは一度としてブーちゃんに「キモイ」とは言いませんでした。

ブーちゃんとボーちゃんは、いつも一緒でした。仲良し夫婦というより、一心同体だったと言ったほうがよいでしょう。

余命を知ったブーちゃんは、自分の死後に、ボーちゃんに迷惑をかけないため、さっそく生前整理に取り掛かりました。膨大な書籍のコレクションを処分し、すべての投資を解約し、預金口座も一本化しました。そして、遺言ノートを仕上げて、ボーちゃんに渡しました。

ただ、ブーちゃんの生前整理が、なかなか進まなかったことが、一つだけありました。それは、ボーちゃんとの人間関係です。

ボーちゃんは、家事や育児など、日常生活にまつわることには、高い能力を発揮したのですが、金融や情報処理などは得意ではありませんでした。そこで、資金管理やスマホのセットアップなどは、ブーちゃんが一手に引き受けていたのです。

「自分がいなくなったら、ボーちゃんは途端に行き詰まってしまう。それに、ボーちゃんには、この先、まだまだ長生きしてもらわないといけない。いつまでも自分を引きずってもらっては困るのだ」

そう考えたブーちゃんは、心を鬼にして、ボーちゃんを突き放すことにしました。そうすれば、自分が死んだ後、ボーちゃんは「あー、せいせいした」と新しい人生を送れるようになるはずです。

ブーちゃんは、行動に出ました。ボーちゃんに何を頼まれても、自分でやりなさいと突き放したのです。ボーちゃんは、態度を豹変させたブーちゃんに驚き、ブーちゃんを非難しました。

ただ、ブーちゃんのチャレンジは、わずか一週間でとん挫してしまいました。ボーちゃんに冷たい態度を取ることが、続けられなくなってしまったのです。何しろ、ボーちゃんは、ブーちゃんのことをキモイと言わなかった唯一の存在です。夫婦は、一心同体だったのです。

黄色いサル

肌の色が違うだけで

アニマル村のサル山に新しい家族が増えました。赤ちゃんが生まれたのです。赤ちゃんは健康そのもので、すくすくと育っていきましたが、一つだけ他の子と違っていたことがありました。彼の肌が黄色かったのです。

病気ではありません。何らかの理由で、突然変異が起きたのでしょう。ただ、肌の色が違うというだけで、黄色いサルには過酷な運命が待ち受けていました。

「つ〜かまえた」

捕まった子ザルは、今度は自分が鬼になって、周りの子ザルを追いかけ始めます。

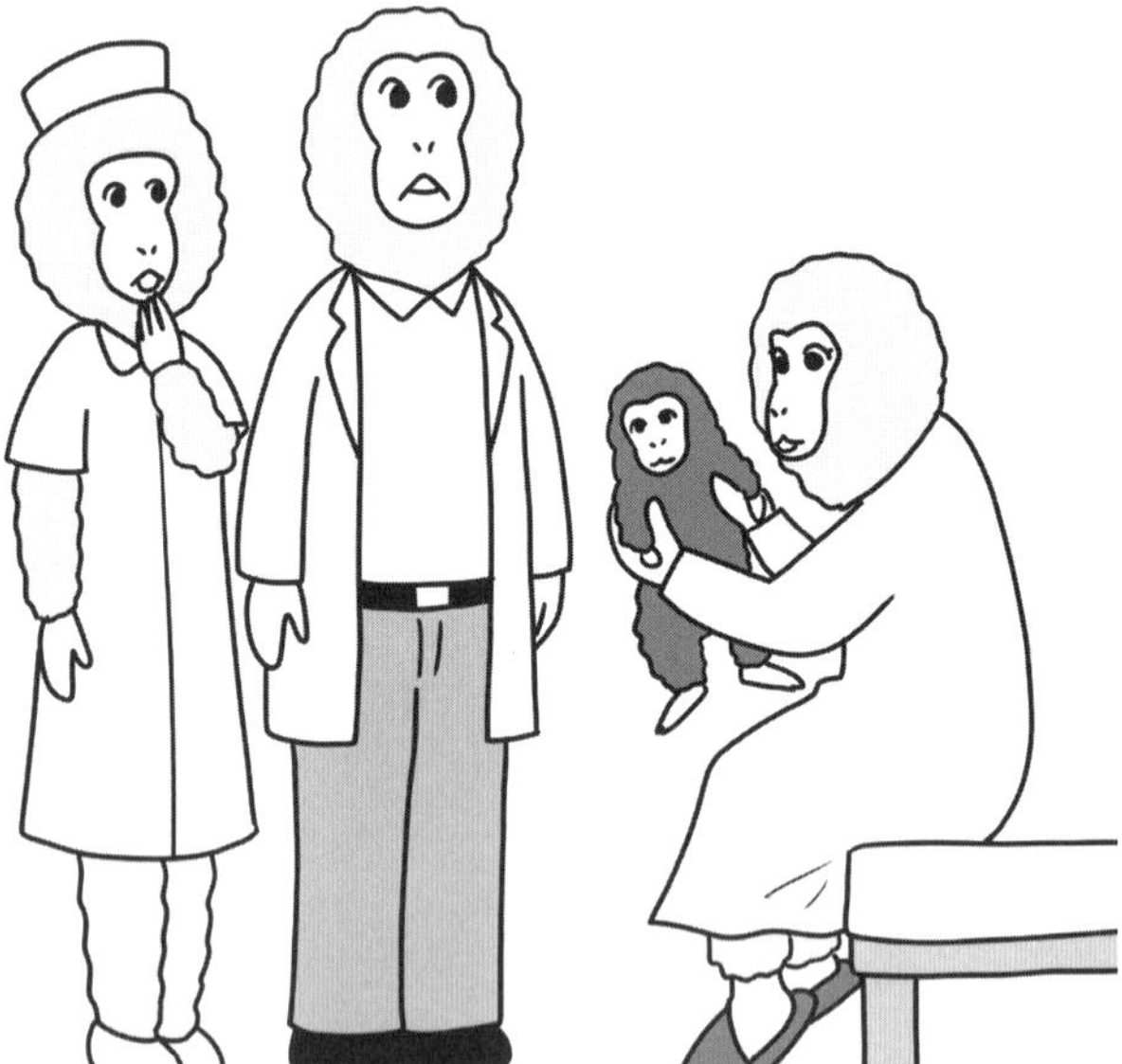

子ザルたちが、鬼ごっこで盛り上がるなか、おかしなことが起きました。

黄色いサルだけが、捕まっても鬼にならないのです。

「なんでボクは鬼にならないんだい？」

周りの子ザルたちは、むしろ驚いて言いました。

「これは捕まったサルが鬼に変わるというゲームだよ。最初から鬼の君は、鬼になれるはずがないじゃないか」


小学校に入ってからも、黄色いサルへのイジメは続きました。教科書にいたずら書きをされたり、カバンを隠されたり、黄色い折り鶴を机の上に山盛りにされたりと、あらゆる嫌がらせをされたのですが、最も厳しいイジメは、無視でした。

耐え切れなくなった黄色いサルは、やがて教室の隅っこで、膝小僧を抱えて、ポツンと独りでいることが多くなっていきました。

そんなある日、アニマル村近くにあるボスボス火山が大噴火を起こしました。サル山は、あっという間に火砕流に飲み込まれ、分厚い灰のなかに埋もれてしまいました。サル山の時間は、その瞬間に流れを止めたのです。

それから2000年後、アニマル村の発掘が始まりました。発掘されたサル山の状況を考古学者が会見で説明しました。

「今回の調査で、2000年前のサル山も、高い社会性を持っていたことが、立証されました。ただ、一つだけ、謎が残っています。それは、一匹の子ザルだけが、他の子ザルと離れてポツンと独りでいたことです。詳しく調べたんですが、病気でも、けがをしているわけでもないんです」

2000年の時を経て、姿かたちは当時のままだったものの、黄色いサルは、肌の色を失っていました。その結果、黄色いサルと他の子ザルの間には、何の違いもなくなっていたのです。

ほおばるリス

いくら貯金をしても

アニマルランドに実りの秋が訪れました。

「リスくん、最近、顔が太ったんじゃないの」

仲間の動物たちが、ちょっと心配そうに尋ねます。

「そうじゃないんだ。ほっぺたに木の実を貯めているんだよ」

「何で、そんなことをしているんだい」

「これから、木の実がたくさん採れるようになるだろう。冬に備えて、それを少しずつ家に貯めておくんだ。冬は、食べ物がなくなるからね」

真面目なリスくんは、仲間たちが秋の味覚を堪能するのを横目に、毎日、毎日、自分の部屋に木の実を運んで行きました。

豊かな秋はあっと言う間に終わり、冬の冷たい風が吹き始めました。いよいよおうちでじっと耐える季節が始まりました。

とは言っても、小春日和のときは、アニマルランドの仲間たちは、外に出て、世間話をします。

「そう言えば、最近リスくんの姿を見ないな。どうかしたのかな」
「大丈夫じゃないの。だって、リスくんの部屋には貯め込んだ木の実が山積みになっ

ているはずだから」

「でも、やっぱり心配だから、ボクが見てくるよ」


リスくんと仲良しのカワウソくんが、リスくんの部屋を訪ねました。ところが、いくらノックをしてもリスくんが出てこないので、カワウソくんは、ドアをこじ開け部屋に入りました。

そこで、倒れているリスくんを発見しました。カワウソくんは、すぐにお医者さんのヤギ先生を呼びました。


「先生、リスくんの容態はどうですか？」

「残念ながら、息がない。もう取り返しはつかないね」

「何かの病気にかかったんですか」

「いいや、死因は栄養失調だね。ずっと何も食べていなかったんだろう」

「だって、部屋にはこんなにたくさんの木の実が積まれているじゃないですか」

「それに一切、手を付けなかったということじゃないかな」

リスくんは、部屋に積み上げた木の実を減らさないように、目の前にある木の実をほとんど食べなかったのです。

イケメン・美女税

ブタも見た目が9割

ウサギのうーちゃんが、ブタのブーちゃんの部屋を訪ねると、ブーちゃんがゲーム機で恋愛シミュレーションゲームに没頭していました。

「ブーちゃん、ダメじゃないか。もう2次元はやめて、もう一度3次元に挑戦するって約束しただろう」

「もう何度もチャレンジしたさ。でも、『ブタも見た目が9割』なんだ。誰もボクなんて相手にしてくれなかったんだよ」

「でも、ブーちゃんは、誠実で、働き者だから、パートナーとしては、最高だと思うんだけどな」

「だから言っているだろう。中身じゃなくて、外見なんだ。みんな、マンドリルくんみたいに派手な顔が好きなんだよ」

落ち込むブーちゃんを後にして、うーちゃんは、アニマル村の村長のところに向かいました。

「村長、このままでは、アニマル村で結婚できない若者がどんどん増えていきます。それを解決するために、イケメン（美女）税を導入して、それを財源にモテない若者の見た目を改善しましょう」

「具体的にどんな税制だい？」

「村民をイケメン、フツメン、キモメンの3種類に分けて格付けするんです。イケメンは、所得税を2倍に、フツメンは据え置き、そしてキモメンにはイケメンから徴収した税金を補助金として支出して、見た目を改善するんです」

「でも分類がむずかしいだろう」

「王室のなかに公正中立の人を集めて、イケメン審査会を作ってください。そこで格付けをするんです」

「そうだな。一度やってみるか」

村長の許可を受けて、イケメン・美女税は、即時施行になりました。イケメンや美女は、もともとたくさん稼いでいたので、所得税を倍増されても影響はほとんどあり

ませんでした。一方、ブーちゃんのようなキモメンは、補助金で素敵な服を買い、美容やメークもしっかりやって、話し方教室でトーク力を大いに高めました。そして、アニマル村の結婚率は、大幅に上がりました。そして、ブーちゃんも、素敵なパートナーに巡り合うことができました。

結婚披露宴の席で、ブーちゃんは、うーちゃんに感謝の意を述べました。

「うーちゃん、ありがとう。イケメン・美女税を導入してくれたからこそ、いまのボクの幸せな暮らしがあるんです」

アニマル村は、その後、子供の数が増えていき、再びにぎやかさを取り戻しました。

アニマル村に腕時計がやってきた

ブランドが大好き

アニマル村では、長い間、時間に縛られない暮らしが続いていました。日が昇れば、仕事や家事を始め、日が落ちたら、住処に帰って寝るという暮らしを続けてきたのです。

ところが、最近はニンゲン村との付き合いが始まって、時間を気にする必要性がでてきました。「午後3時から打ち合わせ」と言われたら、その時間にでかけないといけません。ただ、アニマル村にあるのは、日時計だけで、正確な時間が分かりません。

そこで、ニンゲンが腕時計を持ち込んできました。

こちらの腕時計はクォーツで千円、こちらは機械式で十万円です。

「どっちの時計が正確なんですか」

「それはこちらのクォーツ時計です」

「なんで正確な時計のほうが安いんですか」

「十万円の機械式は、スイスの高級ブランドの時計なんです」

「ブランドって何ですか。千円の時計より何がいいんですか」

「何がいいと言われても。要するに、高級ブランドを持つことは、ステイタスなんです」

「ステイタスって何ですか。なんで性能の低い時計をしているとステイタスが上がるんですか」

腕時計を持ち込んだニンゲンは、困ってしまいました。そして、安いほうのクォーツ時計を、「これは最初のお試しで、プレゼントします」と言って、アニマル村に腕時計を置いて帰りました。その後、アニマル村では、初めて見る腕時計を村民一人一人が着けてみて、大いに盛り上がりました。

ブタエモンのツリーハウス

嫌われものの性質

コーン、コーン。朝から森のなかに、金づちの音が響き渡りました。

ブタ村の住人の一人、ブタエモンが金づちで杉の木に板を打ち付けていたのです。

ブタ村の中心には、樹齢1000年の大きな杉が聳え立っていました。幹の外周は、10メートルを超える巨大な木です。


その大木にブタエモンが板を打ち付ける様子を見て、ブタ村の住人は驚きました。

普段は、まったく働かないブタエモンが、朝から汗を流していたからです。

「ブタエモン、何をしているんだい」

「杉の木の周りにらせん状の階段を取り付けて、上まで登れるようにするんだよ」

「上まで登って何をするんだい」

「てっぺんにボク専用のツリーハウスを作るんだ。ボク専用の家だから、君たちは来ちゃだめだよ」

ブタエモンは、嫌われものでした。ブタエモンのお仕事が、高利貸しだったからです。

ブタ村の住人は、家畜ではありません。森のなかの自然の食べ物で生きています。そうだからこそ、冬や真夏は、食べ物が極端に減ってしまいます。そのとき、仕事をするのが、ブタエモンです。

ブタエモンが腹を空かした住人に、どこかに蓄えておいた食べ物の提供を申し出ます。もちろん、タダではありません。ブタエモンから食べ物を借りた住人は、食べ物が豊富な春や秋の時期に、借りた量の2倍から3倍の食べ物をブタエモンに返さないといけないのです。それが高利貸しというお仕事なのです。

ブタエモンのツリーハウスは、しばらくして完成しました。ハウスの大きな窓から、あくせく住人が働き続ける下界を見下ろして、ブタエモンはご満悦でした。

「ボクは君たちとは違うんですよ。君たちは、体を動かすことしか能がないのだから、頑張って働き続けてね」

ある秋の日、ブタ村を台風が襲いました。ブタエモンのツリーハウスは無事だったのですが、ハウスに向かうらせん階段は吹き飛ばされてしまいました。その結果、ハウスに取り残されたブタエモンは、下界から食べ物も、飲み物も、手に入れることができなくなってしまったのです。

台風一過の朝、ブタ村の住人は集まって相談をしました。ブタエモンが勝手にツリーハウスを作ったのだから、放っておこうという意見もありましたが、結局、ブタエモンもブタ村の一員だから助けようということになりました。

住人たちは手分けをして、急造の縄梯子を作り、ブタエモンの命を救ったのです。

それから一週間後、コーン、コーンとブタ村に再び金づちの音が鳴り響きました。

ブタエモンが、再びらせん階段を杉の木に打ち付け、ブタエモンはツリーハウスに戻っていったのです。

南風と太陽

どんな子育てがいいの

王国に待望の王子が誕生しました。皇統の断絶が心配され続けてきただけに、国民の喜びはひとしおです。しかも、誕生したのは、双子の男子でした。

王様は、熟慮を重ねた結果、王子二人を同時に失うリスクを回避するために、二人の王子を別々に育てる決断を下し、子育ての担当者を募りました。そこに手を挙げてきたのが、「南風」と「太陽」でした。

二人の子育て方針は大きく異なりました。南風は、担当する第一王子が、快適な暮らしができるように腐心しました。快適な温度や湿度を24時間維持するだけでなく、完璧な栄養管理や王宮から一歩も外に出ない暮らしのおかげで、第一王子の体には一つの傷もなく、肌も透き通るように真っ白でした。まっすぐスクスクと育ち、正装の似合う第一王子は、「美少年王子」として、世界中の賞賛を集めるようになりました。

一方、太陽が担当する第二王子は、まったく異なる環境で育つことになりました。もちろん太陽は、一生懸命努力はしたのですが、何しろ日の出から日没までしか、第二王子を見守ることができません。日が落ちると第二王子は、王宮の外に出て、自由な時間を過ごすようになりました。その際、動物に襲われたり、冬の低温で凍傷になったり、第二王子は何度も命の危機にさらされました。また、地面に落ちた木の実や毒

のあるキノコを食べたりするので、食中毒は日常茶飯事でした。第二王子は、まさに傷だらけの王子だったのです。

ところが、二人の王子が成人を迎える直前、王国を新しい感染症のパンデミックが襲いました。第一王子は、自分の部屋に閉じこもり、不安に苛まれる毎日を過ごしました。そのことが、第一王子の免疫を大きく低下させ、結局、第一王子は成人を迎えることなく、この世を去りました。

一方、第二王子は、新たな感染症に対して、何の不安も感じていませんでした。これまであらゆる疾病を乗り越えてきたからです。

結局、戴冠式に臨んだのは、太陽が鍛えた第二王子でした。そして、危機を乗り越える能力を知らず知らずのうちに高めていた第二王子は、王様として、長く王国の繁栄を牽引することになりました。

モンシロ蝶とアゲハ蝶

最後に笑うのは

「モンちゃん、なぜ君は空高く舞い上がることをせずに、ずっと低空飛行を続けているんだい。立派な羽があるんだから、いつでも高く飛べるだろう」

「ボクも飛べるとは思うんだけど、高く飛ぶ必要性を感じないんだ」

「必要性がないってどういうこと?」

「だって、ボクの主食の蜜は、全部地上に咲く花にあるし、恋をするのも、卵を産み付けるキャベツも、全部地上にあるんだから、高く飛ぶ必要なんかないじゃないか」

「君には夢がないのかい。毎日毎日、低空飛行ばかり続けていたら、何のために生きているのか分からないじゃないか」

「ボクは、平穏無事に日常を送れていることだけで十分満足だよ」

「例えば、空高く舞い上がって、みんなの注目を集めたいと思わないのか」

「そんなことは一度も思ったことがないよ。見栄を張るために、舞い上がるなんてエネルギーの無駄遣いだと思うんだ」

「そう言えば、君は本当に地味だよね。羽の色も白一色だし、模様だって、ほとんど目立たないものだよね。ボクを見てごらん。色もカラフルだし、羽の形も、デザイン

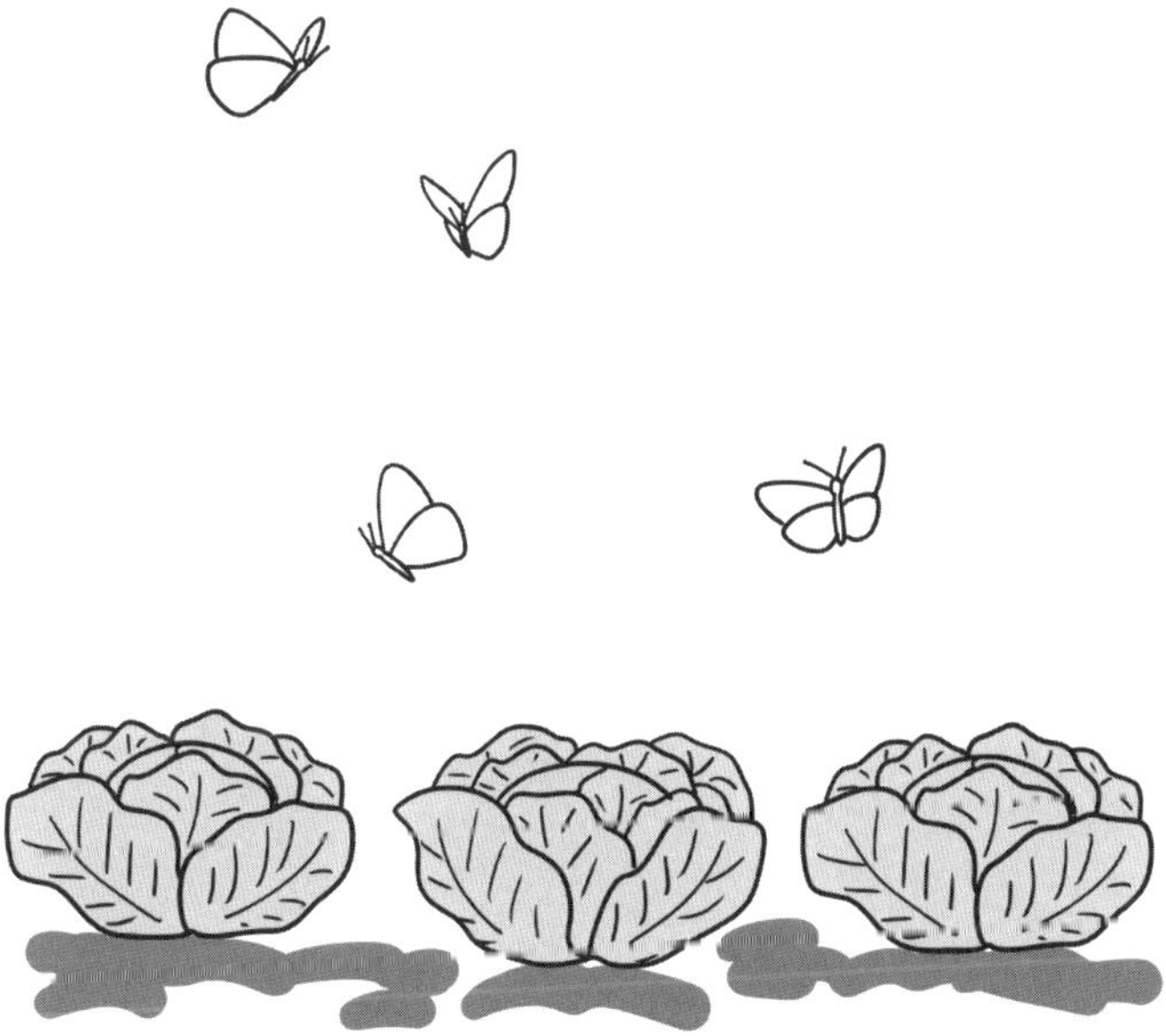

も、みんなの注目の的なんだ」

「そんなことで、みんなが憧れるのかな。全員が見た目を重視するとは、とても思えないんだけど」

「なんだ、ボクの言うことを信じられないんだね。分かった。いまから空高く舞い上がるから、みんながどうするかよく見ておいてくれよ」

そう言うと、アゲハ蝶は力を込めて羽ばたき、空高く舞い上がっていきました。

そのときです。一羽の鳥が飛んできました。たった一羽で大空を舞う派手なアゲハ蝶を見つけた鳥は、まっすぐに襲い掛かり、アゲハ蝶は、鳥の胃袋に収まってしまいました。

沖縄の海岸で

砂のなかのいのち

太郎くんは沖縄が大好きで、毎年一回は沖縄に通っています。と言っても、美ら海水族館や玉泉洞といった人気の観光スポットに出かけるわけではありません。一人でビーチに向かい、砂浜に腰かけて海を見ながら、ひがな一日を過ごすのです。

何もしないで、ゆったりと時間が流れることほど、贅沢な時間はありません。特に沖縄のよいところは、波の音、吹き寄せる海風、目の前に広がるエメラルドグリーンの海と濃緑のマングローブ林のコントラスト。そして、何よりも真っ白な砂浜です。

ある日、海を眺めながら、太郎くんは、何気なく、手のひらで砂を掬ってみまし

た。ビーチの砂は、少し深いところは完全に細かな粒子になっているのですが、表面に近いところは、波による浸食が進んでいないので、もともとの姿を残しています。手のひらの砂を見つめると、それが分かってきます。一番多いのは、もちろんサンゴのかけらですが、その他に蠣や巻貝、ヒオウギ貝や、普段は岩場に貼りついているオオベッコウカサガイまでが混ざっています。

大きさはせいぜい数ミリしかありません。太郎くんは思いました。オオベッコウカサガイは、普通は岩場に貼りついて、大型化することで有名な南西諸島の貝です。

「こんな小さな段階で、なぜ命を落としてしまったんだろう」

太郎くんは考えました。そして、気づいたのです。ほんのひと掬いしただけで、手のひらのなかには、数百、数千の命の営みがある。ビーチ全体でみたら、落とした命は数え切れません。

そして、太郎くんが気づいたことが、もう一つありました。自分の命も同じだということです。いまは生きているけれど、いずれ自分も命を落として、最後は、サンゴや貝とおなじように砂に還っていくのです。

太郎くんは、少しだけ力を入れて砂を握りしめ、再び海を眺めました。太郎くんの頬を、ほんの少しだけ涙が伝います。それを海風がやさしく包んでいきました。

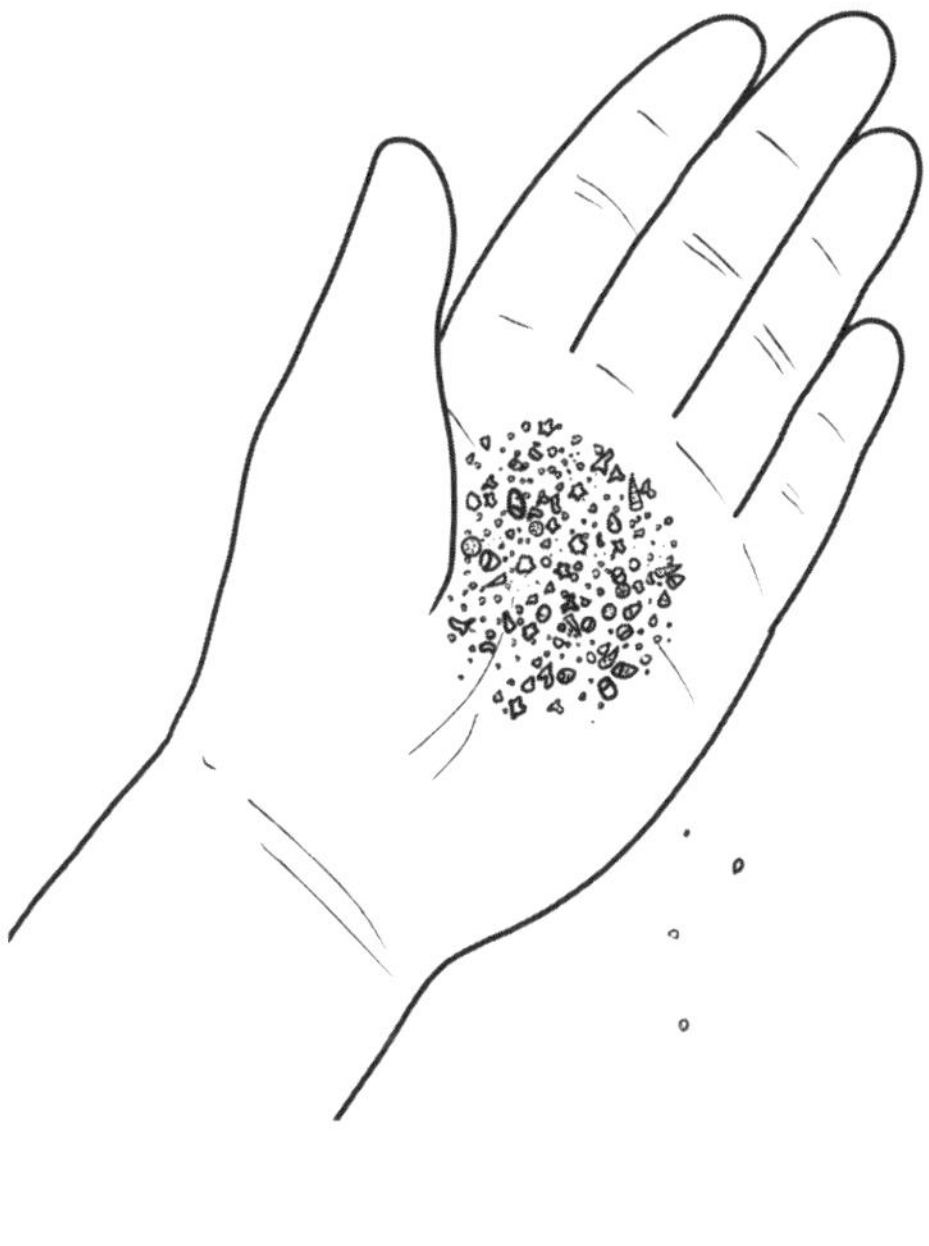

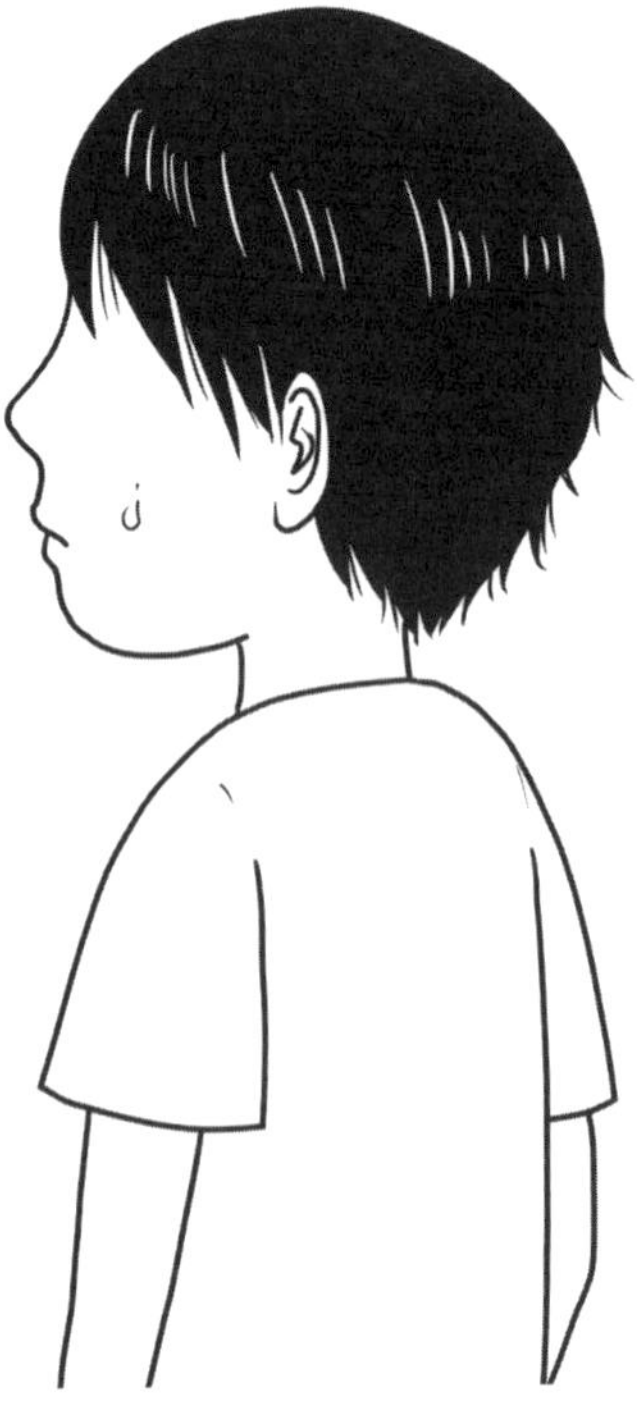

夢とタスク

人生で大切な教え

アニマル村の小学校に、特別ゲストの講師がやってきました。担任のフラミンゴ先生が講師紹介をします。

「今日の講義は、ゲストのイノシシ先生にお話をしていただきます。みんな頑張って聞いてくださいね」

「本日はお招きいただいてありがとうございます。講師のイノシシです。ボクは、これまでの人生で大切な教訓を見出しました。それは、夢を持ってはいけないということです」

生徒の動物たちは、驚きました。チーターくんが口火を切ります。

「先生、それはおかしくないですか。担任のフラミンゴ先生は、いつもボクたちに、夢を持ちなさいと言っています」

リスさんが続きます。

「そうよ。校長のカンムリワシ先生も、同じことを言っているわ。なぜそんな変なことを言うんですか」

「まあ、落ち着いてください。ボクも、希望を持ってはいけないと言っているわけではありません。ただ、夢は実現しないことが多いんです。いつかできたらいいなと思う夢のほとんどは、夢のままで終わってしまいます。夢がなえてしまったり、夢から覚めてしまうこともあります。ですから、皆さんにお伝えしたいのは、夢を持つのではなく、夢を実現するためのタスク、つまり課題を持って欲しいということなんです」

「何を言っているのかよく分からないんですけど」

「夢を実現するための最良の方法は、毎日、1センチ、1ミリでもいいから、前進を続けることです。山登りもそうですよね。どんなにスピードが遅くても、着実に歩みを進めれば、必ず頂上は近づいてくるんです」

「具体的にはどうすればよいですか」

「下手でもいいから、チャンスを見つけて、挑戦を続けるんです。例えば、ボクの目標は、歌って踊れるアーティストになることなんです。今日も、皆さんが教室に呼んでくれたので、この教壇をステージに、ちょっとだけボクのステージをご覧に入れたいと思います」

そう言うと、スマホを取り出し、カラオケを流し始めたイノシシ先生は、それに合

わせて、歌って踊り始めました。

イノシシ先生のパフォーマンスは、けっして上手なものではありませんでした。ただ、その情熱が教室に広がって、生徒たちはノリノリになり、一緒に歌い、踊り始めました。いままでの課外授業のなかで、最も盛り上がったのが、このときのパフォーマンスでした。

その後、イノシシ先生は、本物のプロのアーティストとして、活動することになりました。ヘタウマのジャンルですが、それでも一部のファンに熱狂的に支持され、歌とダンスでご飯が食べられるようになったのです。

イノシシ先生は、登頂に成功したのでした。

あとがき

次はどんな話だろう、とわくわくしながら描きました。

森永さんと久しぶりの再会を果たしたのは、とあるユーチューブチャンネルの動画撮影の場でした。

森永さんのがんが判明して10ヶ月ほど経った頃です。仕事量を減らすこともなく、精力的に仕事をしている様子はネット記事で読んで知ってはいました。でも、いやだからこそ、「ちょっとご飯にでも行きませんか」などとはとても声をかけられず、遠くから森永さんの仕事ぶりやネットニュースでの発言で現状を想像するくらいしかできませんでした。だから動画でお会いするチャンスをいただいた時は本当に嬉しく、二つ返事で引き受けました。

数年間ラジオのレギュラーでご一緒したり、舞台でコンビを組んで漫才をしたり、森永さんは私にとって特別縁の深い人です。病気が分かってから何度かメールや電話ではやり取りしましたが、直接お会いする機会はもうないかもしれないと諦めかけていました。それが、宣告された余命を遥かに超えた頃に、予想以上に元気な森永さんと真横で会話ができたんですから感動で涙も溢れようというものです。

そしてその場で、「寓話の挿絵を描いてくれる予定だった人がダメになった」という話題が出たので、「じゃあ、私が描きましょうか」と提案させていただきました。森永さん、戸惑うこともなく承諾。あっという間に「締め切りまで2週間、80点以上」のイラスト仕事が決まりました。

私は漫画家で、イラストレーターではありません。こういう仕事は初めてです。でも、森永さんと一緒に本が出せるなんて思ってもいなかったチャンス、逃すわけにはいきません。

動物の絵なんてあまり描いたこともなかったですが、描き始めるとなかなか楽しい作業でした。何より、森永さんが作った話がどれも面白い。次はどんな話だろう、と1話分のイラストを描き終えるごとにわくわくしながらファイルを開きました。描き終えた時は達成感と、「もっと読みたかったな」という一抹の寂しさがありました。

「もしこの本が売れたら、第二弾を出しましょう！」

森永さんから心強いお言葉。まだどんどん話が湧いて出てくるようです。

第二弾、第三弾…と続いたらいいなと思います。

倉田真由美

余命《よめい》4か月《げつ》からの

寓話《ぐうわ》

意味《いみ》がわかると怖《こわ》い
世《よ》の中《なか》の真相《しんそう》がわかる本《ほん》

2024年12月15日　初版第1刷発行
2024年12月20日　　　第2刷発行

著　者　森永卓郎《もりながたくろう》

挿　画　倉田真由美

発行者　笹田大治

発行所　株式会社興陽館
〒113-0024 東京都文京区西片1－17－8 KSビル
TEL 03-5840-7820
FAX 03-5840-7954
URL https://www.koyokan.co.jp

ブックデザイン　原田恵都子（Harada＋Harada）

校　正　新名哲明

編集補助　飯島和歌子　木村英津子

編集・編集人　本田道生

DTP　有限会社天龍社

印　刷　惠友印刷株式会社

製　本　ナショナル製本協同組合

ISBN978-4-87723-333-4 C0030